Jari Lanzoni

Il Re di Rocca Fumo

Autore: Jari Lanzoni
Titolo: Il Re di Rocca Fumo
Codice ISBN: 9798871939277
Casa editrice: Independently published
Prima Pubblicazione: Dicembre 2023
www.jarilanzoni.com

Per te, Andrea.

Un giorno lo saprai leggerai da solo.

Papà

Il regno di Rocca Fumo era tutto nero e sporco.

Il cielo era nero per il fumo e faceva cadere una pioggia nera che sporcava le case e l'acqua, sporcava anche le persone che erano sempre tristi e grigie.

Il Re di Rocca Fumo era Re Fumone, un robot grande e cattivo, che mangiava carbone e faceva uscire del fumo nero dal suo corpo.

Ogni anno un bambino doveva servire Re Fumone e spalare il carbone nella sua bocca. Un giorno venne scelto il piccolo Strillo come servo di Re Fumone.

Strillo faceva il suo lavoro tutto il giorno, spalando e spalando, fino a quando non vide una farfalla imprigionata tra i pezzi di carbone.

"Aiutami piccolo Strillo" disse la farfalla. "Liberami o finirò nella bocca di Re Fumone."

Strillo smise di spalare, liberò la farfalla dal carbone e la lasciò su una finestrella, così che potesse andare via da Rocca Fumo.

"Almeno tu potrai andartene da questo posto sporco" disse il bambino.

Invece che scappare la farfalla restò sulla finestrella e disse "Caro Strillo, sei proprio un bravo bambino e voglio aiutarti. Cosa posso fare per te?"

"Ti ringrazio, ma non so come puoi aiutarti" rispose Strillo. "Tutto quello che voglio è che Re Fumone vada via, così potrò vedere il cielo azzurro e bere l'acqua pulita."

La farfalla attese un po' e poi disse "Sappi che Re Fumone ha paura di tre mostri."

Il Gigante Fiutone

Il Talpone Scavaterra

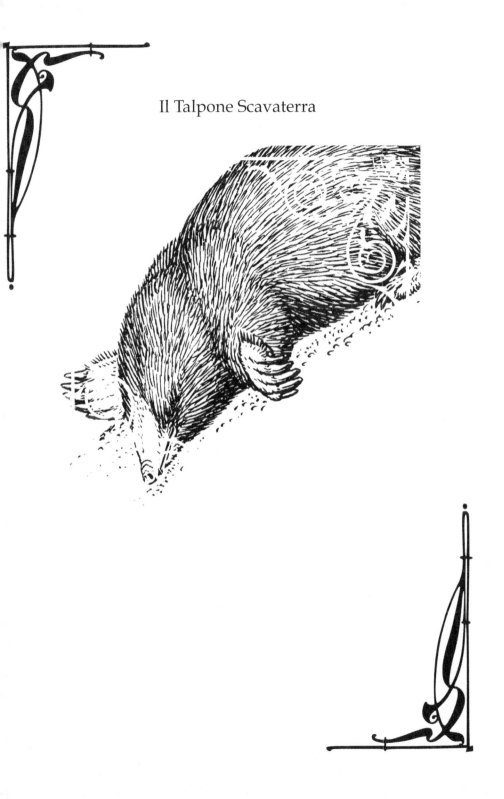

La Strega della Notte

Strillo la ascoltò con attenzione e pensò a un piano per liberarsi di Re Fumone.

Il giorno dopo, Strillo stava spalando il carbone in bocca a Re Fumone e iniziò a dire "Ahi Ahi che paura! Ahi Ahi che paura!"

"Di cosa ti lamenti, servo?" chiese Re Fumone

"Ho saputo che il Gigante Fiutone sta arrivando a Rocca Fumo. Ahi Ahi che paura! Ahi Ahi che paura!

"Il gigante Fiutone hai detto?" si lamentò Re Fumone, cigolando di paura. Bisogna far qualcosa! Servo ti ordino di mandare via gigante Fiutone entro un giorno! Se fallirai mangerò la tua mamma!"

Strillo si grattò la testa e disse "il Gigante Fiutone è mezzo cieco ma ha un grande naso con cui annusa in giro. Ho saputo che l'unico odore che non sopporta è quello delle mani di ferro. Re Fumone fatemi le vostre mani di ferro e io manderò via il gigante Fiutone."

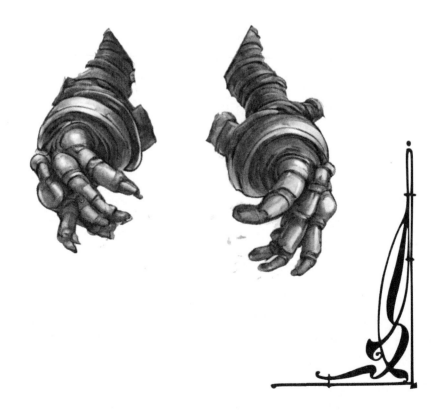

Re Fumone ci pensò un po' su e infine disse. "E va bene. Prendi le mie mani ma vedi di tornare vincitore!"

Strillo svitò le grandi mani di ferro di Re Fumone, corse fuori dal castello e le buttò nel fondo di un lago.

Poco dopo Strillo tornò da Re Fumone e disse di aver scacciato per sempre il gigante Fiutone.

"Mi hai ben servito, Strillo" disse re Fumone. "Ma dove sono le mie mani di ferro?

"Le ho legate sotto il naso del Gigante Fiutone" rispose strillo. Così sentirà sempre puzza di ferro e non tornerà mai più."

Il giorno dopo, Strillo stava spalando il carbone in bocca a Re Fumone e iniziò a dire "Ahi Ahi che paura! Ahi Ahi che paura!"

""Di cosa ti lamenti, servo?" chiese Re Fumone

"Ho saputo che il Talpone Scavaterra sta arrivando a Rocca Fumo. Ahi Ahi che paura! Ahi Ahi che paura!"

"Il Talpone Scavaterra hai detto?" si lamentò Re Fumone, cigolando di paura. "Bisogna far qualcosa! Servo ti ordino di mandare via il Talpone Scavaterra entro un giorno! Se fallirai mangerò il tuo papà!"

Strillo si grattò la testa e disse "Il Talpone Scavaterra cerca sempre di fare dei buchi per uscire da sotto la terra. Re Fumone datemi i vostri piedi di ferro e io li userò per tappare i buchi del Talpone Scavaterra."

Re Fumone ci pensò un po' su e infine disse. "E va bene. Prendi i mie piedi ma vedi di tornare vincitore!"

Strillo svitò i grandi piedi di ferro di Re Fumone, corse fuori dal castello e li buttò nel fondo di una palude.

Poco dopo Strillo tornò da Re Fumone e disse di aver scacciato per sempre il Talpone Scavaterra.

"Mi hai ben servito, Strillo" disse re Fumone. "Ma dove sono i miei piedi di ferro?"

"Li ho usati per tenere chiusi i buchi del Talpone Scavaterra, così non riuscirà a uscire dal suo tunnel e Rocca Fumo resterà al sicuro."

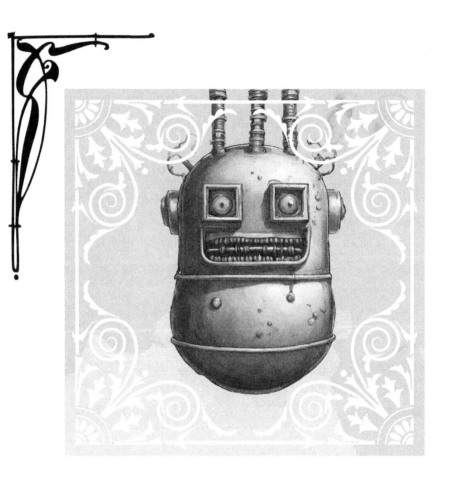

Il giorno dopo, Strillo stava spalando il carbone in bocca a Re Fumone e iniziò a dire "Ahi Ahi che paura! Ahi Ahi che paura!"

"Di cosa ti lamenti, servo?" chiese Re Fumone

"Ho saputo che la Strega della Notte sta arrivando a Rocca Fumo. Ahi Ahi che paura! Ahi Ahi che paura!"

"La Strega della Notte hai detto?" si lamentò Re Fumone, cigolando di paura. "Bisogna far qualcosa! Servo ti ordino di mandare via la Strega della Notte entro un giorno! Se fallirai mangerò tua sorella!"

Strillo si grattò la testa e disse "La Strega della Notte vive nel buio e ha paura della luce. Re Fumone datemi i vostri occhi luminosi e io li userò per scacciarla per sempre."

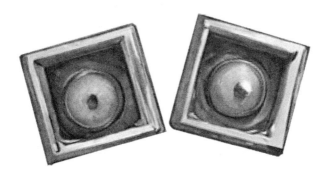

Re Fumone ci pensò un po' su e infine disse. "E va bene. Prendi i miei occhi ma vedi di tornare vincitore!"

Strillo svitò i grandi occhi di Re Fumone, corse fuori dal castello e li buttò nel fondo di una palude.

Il giorno dopo, Re Fumone scoprì che nessuno gli stava buttando del carbone in bocca, iniziò a chiamare e a chiamare e dopo un pò sentì arrivare Strillo.

"Che cosa volete Re Fumone?"

"Fai il tuo dovere, servo! Dammi da mangiare!"

"No, Re Fumore. Senza carbone non ci sarà più fumo e il cielo tornerà pulito, la pioggia tornerà pulita, e finalmente Rocca Fumo diventerà un bel posto!"

Dopo aver detto questo, Strillo buttò via la sua pala.

"Che fai servo?" urlò Re Fumone. "Dammi ancora del carbone! Obbedisci o ti schiaccerò con le mie mani!

"No, Re Fumone. Ho svitato le tue mani e le ho buttate via!"

"Dammi ancora del carbone! Obbedisci o ti schiaccerò con i miei piedi!

"No, Re Fumone. Ho svitato i tuoi piedi e li ho buttati via! Non hai mani e piedi per muoverti. Non hai gli occhi per vedere. Non hai più carbone in bocca e ti stai spegnendo. Addio, Re Fumone. Adesso vado con i miei amici a giocare."

E detto questo, Strillo corse fuori.

Re Fumone protestò ancora per un pò, ma senza carbone perse tutte le forze e si fermò.

Finalmente Rocca Fumo divenne un regno pulito e cambiò il nome in Rocca Verde.

Adesso, in mezzo a Rocca Verde c'é uno strano secchio, vecchio, coperto di muschio e con l'erba che gli cresce dentro, ma nessuno si ricorda più chi rappresentava.

Printed in Great Britain
by Amazon

35873948R10020